Olivier de Solminihac

Pas une fée

Illustrations d'Isabelle Bonameau

l'école des loisirs
11, rue de Sèvres, Paris 6ᵉ

Du même auteur à *l'école des loisirs*

Collection Mouche
C'est quoi mort ?
Debout la nuit
Nom de nom

© 2004, l'école des loisirs, Paris
Loi n° 49.956 du 16 juillet 1949 sur les publications
destinées à la jeunesse : mars 2004
Dépôt légal : mars 2006
Imprimé en France par Hérissey à Évreux - N° 100936

1

La semaine dernière, papa est parti. C'est à cause de son travail. Si vous voulez savoir quel travail, je ne vais pas vous le dire. Je ne sais pas trop ce qu'il fabrique. Enfin, là, il devait aller à la mer méditer quelque chose.

On est allés le conduire à la gare, moi et maman. Je tenais papa d'une main et maman de l'autre, parce qu'ils auraient pu se perdre avec tout ce monde. On a attendu dans le grand hall et, à un moment, une voix d'extraterrestre a annoncé le train de papa.

Sa place était très loin, tout au bout du quai. Quand on est arrivés devant la porte du wagon, j'ai tendu la main à papa et avec ma voix de cow-boy j'ai dit

— Salut, mec

comme ils font dans les westerns.

Papa a posé sa mallette

(on disait que c'était mon copain cow-boy)

il m'a tendu la main lui aussi et à son tour il a dit

— Salut p'tit mec

et après il a fait un bisou d'amoureux à maman.

Ensuite, normalement, il aurait dû reprendre sa mallette et monter dans

le train sans se retourner en sifflotant la chanson de Lucky Luke. Mais ce n'est pas du tout ce qui s'est passé.

Au lieu de monter normalement dans le train, papa m'a agrippé par les aisselles et il m'a soulevé de terre.

J'avais envie de crier

— Lâche-moi

ou bien

— Tu veux que je te dézingue avec mon six-coups ?

En réalité je ne l'aurais jamais fait, parce que d'abord je n'aime pas la violence, en plus je déteste le bruit des revolvers, et puis de toute manière je n'avais même pas de revolver avec moi, c'était juste pour lui faire peur.

Mais j'ai seulement eu le temps de dire

— Ptntfch

et papa n'a pas eu peur du tout. Il a approché mon visage de son visage, mon oreille de sa bouche, et il a murmuré comme un secret

— Je peux te demander quelque chose, cow-boy ?

Je dois avouer que j'aime bien que l'on m'appelle comme ça. Soudain, je n'avais plus du tout envie de crier. J'ai hoché la tête pour dire oui.

Et encore tout bas, comme un secret, papa m'a chuchoté

— Tu fais bien attention à maman, d'accord ?

Je n'ai pas trop compris ce que ça signifiait. Je voulais lui demander, mais il y a eu une sonnerie sur le quai. Papa s'est dépêché de me reposer à terre, de prendre sa mallette et de monter dans le train. Juste après, les portes se sont fermées.

Vers le train qui s'éloignait avec papa dedans, j'ai crié

— D'accord, mec.

Mais je ne suis pas sûr qu'il m'ait entendu.

2

J'ai commencé ma mission le lendemain, en rentrant de l'école. J'ai suivi exactement les instructions de papa. Au début, je n'ai rien vu d'anormal. Maman faisait tout comme d'habitude.

Si vous voulez savoir le travail de maman, c'est facile. Elle est traductrice. Ça veut dire qu'elle lit des livres avec des mots qui n'existent pas en France

(par exemple des mots d'Amérique du Sucre)

et elle les transforme avec des mots français.

De toute la journée, je n'ai remarqué que deux choses. La première, c'est que maman a fait une pause de travail dans l'après-midi.

Elle m'a emmené à la boulangerie. Sur la route, j'ai demandé à maman

— Mais quand j'étais très très petit ?

et elle m'a encore raconté la même histoire. Elle dit que j'habitais à l'intérieur de son ventre, dans une poche qui s'étire comme un gant magique, et qu'ensuite je suis sorti.

Moi, je veux bien, mais je mesure 1 mètre 22 et j'ai beau me recroqueviller tout petit tout petit, il faudra que quelqu'un m'explique comment c'est possible.

À la boulangerie, maman a acheté une baguette.

La deuxième chose, c'était le soir. J'étais triste que papa ne soit pas là, et je l'ai dit à maman. Alors elle est allée à la cuisine et elle m'a donné un bonbon de tristesse, comme elle l'appelle.

Le caramel collait aux dents quand je mâchais et que le bonbon se liquéfiait dans ma bouche. Ensuite, il est allé dans mon ventre, et il a chassé toute la tristesse à l'intérieur.

Pourtant j'ai dit à maman
— Je suis encore un peu triste parce que j'avais bien envie d'un deuxième bonbon. Mais maman m'a regardé avec des yeux comme ça et

elle a rangé le paquet en me grondant gentiment
— Ne me raconte pas de carabistouilles.

J'ai bien ri parce qu'elle avait utilisé le mot « carabistouilles ». Tout de même, je me demande comment elle fait pour savoir quand je dis la vérité et quand je dis un mini-mensonge.

3

Mardi soir, maman m'a appris quelque chose. Je lui avais demandé si un jour on irait en Amérique du Sucre en vacances.

Elle s'est mise à rire et elle m'a appris qu'on ne disait pas « Amérique du Sucre » mais « Amérique du Sud ». Elle m'a dit que, en Amérique du Sud, il existe un pays, l'Équateur, où les gens payent avec une monnaie qui s'appelle le sucre. Dans un autre pays, le Brésil, il y a une grande ville du nom de Rio, d'où l'on voit un énorme rocher dans la mer qui s'appelle le Pain de Sucre. Dans un troisième pays, le Venezuela, il y avait eu un militaire célèbre qui s'appelait le général Sucre. Et dans un quatrième pays, la Bolivie, on trouve une ville qui s'appelle Sucre.

Avec tout ce sucre, j'avais encore plus envie d'aller en Amérique du Sud. Mais aussi je me demandais comment maman faisait pour connaître toutes ces choses.

Elle connaît vraiment beaucoup de choses, maman, et elle sait faire beaucoup de choses. Aussi loin que je me souvienne, elle a toujours su faire toutes ces choses, elle n'a jamais eu besoin de les apprendre.

4

J'aurais bien aimé que papa téléphone ce jour-là, mais quand je me suis couché il n'avait toujours pas appelé. J'ai fermé les yeux et aussitôt j'ai entendu

– Dling… dling… dling…
Je me suis relevé et je suis allé voir au salon. Maman a vite raccroché. Ce n'était pas papa, c'était Louis, le cou-

sin de maman. On devait aller se promener avec lui sur la plage le lendemain. Et c'était la flûte. Il me prend toujours pour un bébé, ça m'énerve, en plus j'aurais préféré inviter Jonathan à la maison.

Je suis retourné dans mon lit.

J'étais en train de faire un rêve quand à nouveau le téléphone a sonné

— Dling... dling... dling...

Je suis revenu près de la porte du salon. Maman parlait dans une drôle de langue qui ressemble à quand on mange des marshmallows. Elle a dit

— Odjainodouyoudou !

et elle faisait des petits gestes comme ci comme ça avec les mains et elle sautillait très lentement d'un pied sur l'autre.

J'étais fasciné. Maman a encore proféré plein de formules du même genre en tournant en rond autour du téléphone, puis elle a dit

– Odjainagatalivyou, syoussoun, babaye.

Et là, vous n'êtes pas obligés de me croire mais pourtant c'est vrai : il y a eu un grand éclair dans le ciel à travers la fenêtre et il s'est mis à pleuvoir. Vraiment très fort.

Je suis allé me coucher, cette fois pour de bon. Mais je n'arrivais pas à dormir.

Il y avait quelque chose de pas normal avec maman. Déjà elle savait toutes ces choses sans les apprendre, elle achetait des baguettes, elle devinait dans ma tête, et puis elle était capable de faire tomber la pluie en disant des mots inconnus.

Est-ce que maman était une fée ? Est-ce que moi aussi j'avais des pouvoirs magiques ?

5

Mercredi, il n'y avait pas école. Je suis allé faire des courses au supermarché avec maman et je l'ai bien observée. Mais je n'ai rien trouvé de bizarre. Quand le chariot a été rempli, on est allés à la caisse.

C'est là qu'il y a eu un événement inattendu. Maman a pris un carnet spécial, même pas des pièces ou des billets, un carnet tout en longueur, et elle a dit à la caissière

— Je paye par chèque.

Elle a écrit dans le carnet et elle a fait un dessin très très vite au bas d'une feuille. Ensuite, elle a arraché la feuille du carnet et elle l'a donnée à la caissière. La caissière a dit

— Merci

en rangeant la feuille dans une pochette. Et on est partis sans donner d'argent.

On est rentrés à la maison. J'ai aidé maman à ranger les courses dans les étagères et dans le frigo.

On avait presque fini quand maman s'est aperçue qu'elle avait oublié les œufs. Elle m'a dit

– Va chez monsieur Aziz pour acheter une boîte de six œufs

et elle m'a demandé de prendre un billet de cinq euros dans son sac.

C'est beaucoup, cinq euros. J'aurais pu acheter plein d'autocollants pour mon album de footballeurs avec cinq euros.

J'ai pris le billet et mon porte-monnaie, et je suis descendu chez monsieur Aziz, qui tient l'épicerie dans notre rue.

Quand il m'a vu, monsieur Aziz a demandé

– Qu'est-ce que je vous sers, jeune homme ?

J'ai dit

— Une boîte de six œufs, s'il vous plaît.

Monsieur Aziz est allé choisir une boîte dans ses rayonnages. Il m'a annoncé

— Ça fait un euro cinquante.

J'ai pris les œufs et j'ai dit

— Je paye par chèque.

Aussitôt j'ai sorti le carnet magique de maman que j'avais aussi trouvé dans son sac. J'étais en train de faire le dessin en bas de la feuille quand monsieur Aziz s'est lissé la moustache en disant

— Hum.

Il a regardé ce que je fabriquais, et il a précisé

— Je ne peux pas prendre les chèques. Je ne prends que les billets et les pièces.

J'ai dit

— Ah bon ?

parce que j'aurais bien voulu compléter ma collection de footballeurs, mais je crois que je devrai encore attendre. Alors j'ai donné le billet de cinq euros. Et monsieur Aziz m'a tendu la monnaie et la boîte d'œufs.

Il m'a raccompagné à la porte de sa boutique. Comme j'avais passé le seuil, monsieur Aziz a dit dans ma direction

— Oh oh, attention

et je me suis retourné.

D'une main il se lissait la moustache

(à la fin de la journée, elle doit être complètement lisse)

pendant que de l'autre main il pointait le ciel et les nuages qui formaient de gros paquets gris et blancs.

Monsieur Aziz a dit avec un clin d'œil

– Attention aux averses

comme s'il allait pleuvoir bientôt.

J'ai hoché la tête et je suis parti. Hum, je crois bien que monsieur Aziz m'avait donné une idée. Une vraiment très bonne idée.

6

Maman a cuisiné le déjeuner. C'était extra-bon. J'avais presque fini mon ketchup quand la sonnette de l'entrée a retenti.

Zioup
(c'est le bruit que je fais quand je cours à fond la caisse)
je suis allé ouvrir la porte.
C'était Louis. Il arrivait en avance,

en plus. J'ai essayé de faire comme si de rien n'était. Je lui ai tendu la main et de ma voix de cow-boy j'ai dit

— Salut, mec

comme ils font dans les westerns quand ils ne sont pas contents.

Louis m'a tendu la main à son tour, il a serré la mienne en disant

— Bonjour, mon petit bonhomme.

Non mais, franchement, est-ce que j'ai une tête de bonhomme ? Il a continué à serrer ma main, ses gros doigts commençaient à me faire mal, si ça durait il allait me la broyer en miettes, et il a demandé en faisant un sourire méchant

— Alors, qui c'est le plus fort ?

Heureusement, maman est arrivée pour me délivrer. Elle a proposé à Louis de boire un café avant d'aller se promener.

Ils se sont installés au séjour et j'en ai profité pour mettre mon plan à exécution. J'ai pris le téléphone et je suis parti m'enfermer dans ma chambre.

Je me suis posté à la fenêtre. Il y avait encore six ou sept paquets de nuages gris et blancs, ça devait suffire. J'ai composé quelques numéros au hasard et j'ai dit

— Odjainodouyoudou !

J'ai fait des petits gestes comme ci comme ça en sautillant d'un pied sur l'autre. J'ai ajouté quelques autres for-

mules parce que je ne me souvenais plus de tout et puis

— Odjainagatalivyou, syoussoun, babaye.

Et là, vous n'êtes pas obligés de me croire mais pourtant c'est vrai : il n'y a pas eu un seul éclair dans le ciel, il ne s'est pas mis à pleuvoir, les paquets de nuages ont continué à défiler à leur rythme. Et même, par endroits, on voyait des rayons de soleil.

J'avais dû me tromper dans la formule, ou dans les numéros. J'ai recommencé deux fois. Mais toujours rien. Ou alors ce n'était pas une formule magique ?

Forcément, au bout d'un moment, Louis et maman avaient fini de boire leur café, j'ai mis mon écharpe et mon blouson et mes gants et mes bottes, et on est sortis. Bon, je ne suis pas sûr que les cow-boys portent des écharpes et des blousons et des gants comme s'ils allaient à la montagne, mais je n'avais pas trop le choix.

Dès qu'on est arrivés sur la plage, j'ai demandé à maman

– Quand est-ce qu'on rentre ?

mais elle a fait semblant de ne pas m'entendre. Au lieu de s'occuper de moi, elle parlait beaucoup avec Louis. Je ne comprenais pas grand-chose à ce qu'ils disaient. Si je m'approchais d'eux, ils se mettaient à chuchoter des choses comme

— Chpsts mjsuists prsptbr

ou bien

— Vlnbn nvldm

et tout à coup ils parlaient très fort vers moi et me disaient d'aller jouer avec les goélands.

En fait, je n'avais pas envie d'aller jouer avec les goélands. Je n'avais pas tellement envie de jouer. Je voulais simplement que papa revienne. Ou qu'on invite Jonathan. Alors je regardais les gens sur la plage, les enfants.

Même s'il ne faisait pas très beau, quantité de gens se promenaient sur la plage, mais papa n'était pas là, et Jonathan non plus.

On s'est éloignés du parking de la plage. Les voitures au loin étaient devenues minuscules, elles allaient bientôt disparaître. Il y avait de moins en moins de gens sur la plage dans cette direction, et de plus en plus de goélands. Les goélands marchaient le long de la mer, sur l'écume, et puis

— Flitch, flitch

ils trottinaient quelques pas en battant des ailes, décollaient, montaient vers le ciel au-dessus de la mer et tournoyaient sous les nuages.

J'ai couru vers eux, dans les bâches, les longues flaques que laisse la mer quand elle descend, et puis

— Flitch, flitch

j'ai trottiné quelques pas en battant des bras, pour faire comme si j'allais décoller, j'ai trottiné encore et encore. Les goélands se sont éloignés à tire-d'aile. Je n'arrivais pas à voler. Je me sentais seul.

Il a commencé à pleuvoir, une pluie fine de rien du tout, et le ciel est devenu sombre. Maman et Louis ont fait de grands gestes vers moi. Ils m'appelaient, mais je ne voulais pas aller les voir. J'avais peur qu'ils se doutent de quelque chose, qu'ils aient deviné que la pluie, c'était un peu ma faute, et qu'ils me fassent la grosse voix. Alors j'ai attendu qu'ils viennent.

7

Louis et maman ne m'ont pas fait la grosse voix. Ils avaient l'air de vouloir être gentils avec moi. Maman a dit que ce serait une bonne idée, maintenant, si on rentrait.

On a fait demi-tour. Au départ, maman me tenait une main et Louis me tenait l'autre main, et on jouait à 1, 2, 3, saute ! C'était un petit peu voler comme les goélands, en moins haut. Ensuite on a marché longtemps sans rien dire, juste avec le bruit des vaguelettes et des bottes qui traînaient dans le sable. Ça faisait tout un tas de silence. Et puis Louis m'a demandé tout à coup

— Dis-moi, tu aimerais avoir un frère ou une sœur ?

Je l'ai regardé sans trop comprendre et j'ai simplement dit

— Oui

mais la réponse était un peu courte alors j'ai ajouté

— Une sœur, je préférerais.

J'ai dit cela sans trop réfléchir, parce que les frères sont plutôt du genre à se bagarrer, il me semble, et que je n'aime pas me bagarrer. Mais peut-être qu'un frère serait très bien aussi.

– Une sœur ? a demandé Louis avec un grand sourire.

Maman me serrait la main plus fort, et j'ai dit, pour être tout à fait complet

– Hum, oui, j'aimerais avoir une grande sœur.

Maman m'a un peu relâché la main, Louis a fait une grimace de la bouche et puis il s'est mis à rire. Mais

je ne voyais pas ce qu'il y avait de drôle. Jonathan a une grande sœur, elle s'appelle Agathe, elle est gentille, intelligente et tout ça

(elle parle même l'anglais)

et je l'aime bien, Agathe, c'est ça qui m'avait donné l'idée d'une grande sœur.

Louis continuait à rire

— Ahahahah

et au milieu de ses rires il me disait

— Mais enfin, hinhinhinhin, mon petit bonhomme, ta maman et ton papa ne peuvent pas, ahahahah, te donner une grande sœur.

Maman lui a demandé d'arrêter mais il n'a pas arrêté. Maman lui a dit que ce n'était pas drôle mais il a ri de plus belle.

On avait pratiquement atteint le parking. Louis n'arrêtait plus de rire et de hoqueter, son visage était devenu presque violet et ses yeux semblaient sortir de leurs orbites. Et puis, soudain, il a poussé un profond soupir. Il s'est essuyé les yeux, il s'est calmé, et c'est là qu'il a dit

— Mais mon petit bonhomme, ta maman n'est pas une fée.

Il y a eu du silence, brusquement. Maman m'a lâché la main. J'ai regardé maman. Elle m'a regardé en même temps. C'était comme si on parlait avec seulement les yeux. En battant

des paupières je lui ai demandé si c'était vrai qu'elle n'était pas une fée. Elle ne pouvait pas le dire. Alors elle a bougé à peine la tête. Et j'ai su que c'était vrai. J'ai su que ce n'était pas une carabistouille. J'ai su que Louis avait trahi cette chose que maman ne voulait pas dire.

Alors peut-être je ne saurais jamais faire tomber la pluie, peut-être je ne saurais jamais trottiner gracieusement le long de la plage et m'envoler à la manière des goélands, peut-être je ne pourrais jamais payer par chèque, peut-être je n'aurais jamais de grande sœur. Peut-être toutes ces choses magiques me resteraient-elles interdites pour toujours.

À cause de cela j'avais envie de pleurer. Mais j'avais encore plus envie de ne pas pleurer, pour faire comme un vrai cow-boy.

8

Louis est parti sous la pluie, il est rentré chez lui à pied. Maman et moi, on a pris le bus tous les deux. Pendant tout le trajet, je lui ai tenu la main, comme pour la consoler de n'être pas une fée.

Quand le bus a longé la grand-place, j'ai vu Jonathan et Agathe. Ils portaient des paquets, sans doute ils étaient allés faire des courses. Entre mes dents, j'ai dit

— Odjonagatalivyou, syoussoun, babaye

mais bien sûr ils ne pouvaient pas m'entendre. Le bus est passé près d'eux, j'ai fait un geste de la main. Ils ne m'ont pas vu.

J'ai collé ma tête contre le bras de maman. J'ai fermé les yeux. C'était doux. Par moments, le bus roulait sur des quelques choses, il y avait des cahots et j'ouvrais les yeux.

Papa rentrerait le lendemain. J'espérais qu'il serait content que j'aie bien fait attention à maman. Mais je ne lui dirais pas ce que j'avais appris. Ce serait juste un secret entre maman et moi. Non, je ne dirais pas à papa que maman n'est pas une fée. Il pourrait être déçu.